KB176305

엘리트 시선 41

노인과 낙엽

노 희 남 시집

엘리트출판사

노인과 낙엽

노 희 남 시집

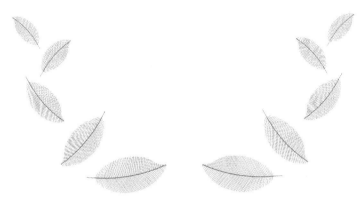

엘리트출판사

첫 시집을 내며

아련히 추억이 떠오릅니다. 어릴 때부터 책 읽기를 좋아하여 지나온 날들의 흔적들, 군인 시절에 쓴 서간문, 해외여행으로 썼던 기행문, 일기 등을 쓰고 정리한 것이 첫 시집을 내면서 인지하게 되어 감회가 새롭습니다.

문학이란 글자 그대로 글을 배우는 것이라고만 알고 있었고 시와 수필은 나에게는 먼 나라 이야기로 관심밖에 사치로만 생각해 왔던 내가 장현경 평론가님의 정성과 세심한 배려가 담긴 지도편달에 힘입어 산수(傘壽)를 앞둔 황혼의 길에서 닫혀 있었던 마음에 눈과 귀가 열려 노희남 시집이라는 이름에 『노인과 낙엽』이라는 명찰을 달고 만물이 소생한다는 이 봄에 새싹으로 우리 곁에 다가와 숨을 쉬게 되었습니다.

오늘 이 시간에 이런 기쁨을 갖게 되었음에 깊은 감사와 더불어 기대에 부응하도록 최선을 다할 것이며 미력하나마 좋은 글

로 보답 할 수 있도록 더욱 분발 매진하겠습니다. 또한 이 책을 접하시는 독자님 여러분들께서도 한 줄기 희망과 꿈에 보탬과 느낌을 드릴 수 있다면 큰 영광으로 생각하겠습니다.

　그리고 그동안 물심양면으로 도움을 주신 저를 알고 계시는 여러분께 이 장을 빌어 감사의 인사를 드리면서 모두에게 건강과 행운이 함께 하시기를 기원합니다. 아울러 문학의 전당인 청계 문학의 무궁한 발전을 기원합니다. 감사합니다.

2021년 3월

취당(翠塘) 노희남

첫 시집 출간을 축하드리며

제가 가장 좋아하는 단어 중에 한결같다는 말이 있습니다. 언제나 강건하시지만 담백하고 소박한 삶을 한결같이 살아오신 분, 아마도 이 시집의 주인공인 아버지를 두고 하는 말이 아닌가 싶습니다.

육체는 비록 연로(年老)하시지만 정신적 삶은 영원히 늙지 않으신 분, 『노인과 낙엽』으로 비록 늦은 연륜이시지만 늘 변함없이 강직하고 소박하게 살아오신 아버지의 귀한 삶의 추억을 이렇게 시집으로 만나게 되어 자식으로써 진심을 담아 축하드립니다.

이제 시작입니다. 쉼 없이 본이 되어주신 아버지께서 이제는 시인으로 시작하게 됨을 자식 된 입장에서 보니 너무 자랑스럽습니다. 그동안 우리에게 훌륭한 아버지로 살아오셨습니다. 항상 응원합니다.

아버지, 감사합니다.
아버지, 고맙습니다.
아버지, 사랑합니다.

첫째 아들 노인철

사랑합니다. 아버지

　작년 여름 아버지의 시인 등단이라는 소식을 들었습니다. 평소에도 조금씩 쓰시던 시였으나 시인 등단이라는 소식은 나에게 뜻밖의 소식이었습니다.

　나이가 드시면서 모든 것이 움츠러들고 정리하시는 시기인데도 새로운 것에 용기를 내며 도전해 나가시는 아버지가 한없이 존경스럽습니다.

　어느 날 아버지는 가슴에 품고 있는 생각을 아름다운 글로 그려내는 작가가 되었습니다. 아버지의 시 하나하나가 아버지의 지난 삶과 현재의 삶을 얘기하시는 것 같아 마음이 아려오기도 하였지만, 황혼의 늦은 가을과 겨울을 꿋꿋이 맞이하시는 아버지의 열정과 글이 주는 강한 메시지를 항상 응원합니다.

　자식에게 무한한 사랑을 주시고 그 삶의 도전이 너무 자랑스럽습니다. 저희도 올바른 삶을 위해 노력하며 살겠습니다. 아버지, 항상 이대로 변함없이 건강하시고 저희 곁에 오래도록 계시기 바랍니다.

　아버지, 많이 사랑합니다.

차남　노명철

축하합니다

가짜 나뭇잎으로 죽음을 앞둔 사람에게 희망을 주었다는 '마지막 잎새'의 노화가처럼 사람들에게 용기와 희망을 준다는 것은 어떤 것일까? 좋은 말과 위로를 하는 것으로 희망이 생긴다면 참으로 좋으련만 요즘 세태엔 찾아보기 힘든 드문 일이다. 세상을 살아가면서 자신의 주변에 本(본)이 되는 사람이 함께한다면 이보다 더 큰 행운도 없을 것이다.

여기에 답이 되는 한 분이 내 곁에 계셔서 나는 오랜 기간의 어려움을 견뎌내며 새로운 길을 찾는 데 지치지 않을 수 있었다. 아무리 작은 것이라도 이를 만들지 않으면 얻을 수 없고 아무리 총명하더라도 배우지 않으면 깨닫지 못한다는 장자의 말씀에도 딱 맞는 분이시다.

바로 이 책을 펴내시는 취당 노희남이시다. 취당 노희남님과는 20년 가까이 인연을 이어오면서 변치 않는 올곧음과 실천으로 끊임없이 배우고 읽히며 자신을 만들어 가시는 모습에서 존경하는 마음과 경탄스러움마저 느낀다.

쉽지 않은 환경에서 이에 바탕을 두어 그간의 습작을 시집으로 펴내시는 쾌거에 진심으로 축하를 드리며 앞으로 변치 않는 노익장을 과시하시며 더 좋은 글과 희망을 주시는 삶을 지속해 주시기를 기원한다.

이국용

제1부　계절의 문턱

제2부 종이컵도 분수를 아는데

제3부 오늘과 내일

제4부 노년의 향기

제5부 눈길의 여행

노인과 낙엽

산전수전 고생 또 고생 산을 넘고 강을 건너다보니
젊은 청춘 나도 모르게 남의 이야기가 되었고
인생의 황금기란 50·60 대도 왔었는지 갔었는지
무엇이 그리도 바빠 내일 모래 산수(傘壽)를 바라보는
노인이라는 닉네임을 얼굴로 받았네요

4계절에 비유한다면 엄동설한 겨울이지요
만물이 소생한다는 봄을 지나고 보니
지난봄 태어난 그들 익어가는 여름을 거쳐
농부의 피와 땀인 수확까지 끝나고 보니

앙상한 나뭇가지에 매달려 있던 낙엽
떨어지지 않으려 몸부림쳐 보지만
바람이란 저승사자가 끌고 가 버리네
종착역을 향한 막차에 탑승한 우리와
무엇이 다르고 또한 얼마나 다를까요!

제1부

계절의 문턱

모두 기다리는 봄 / 가기 싫은 동장군

세월 흐름 거역 말고 / 앞서간 가을 찾아

봄이 오고

계절이 변하는 모습에
삶에 희망을 걸어본다
눈도 귀도 입도 없으면서
지난겨울 엄동설한 이겨내고

어찌 때를 알고 파란 싹을 내밀며
봄을 알릴까 봐 이들은 다시 찌는 듯한
폭서에 파란 싹을 담금질하여
갈색으로 갈아입고 겨울을 맞는다

이들이 진정 겨울에 임하면
사람과는 달리 입었던 옷을 다 벗고
앙상한 나목으로 엄동을 지나고
돌아오는 봄으로 다시 환생하리

아마도 생명을 가진 것들은
나름대로 예감을 가졌나 보다.

봄비 속의 장미꽃

창밖에 봄비가
대지를 적시고

산야에는 기다렸다는 듯
고개 들어 문 여는 소리
들려오는 듯

얼마 전 아픔을 주고
내 곁을 떠났던
장미 한 송이

빗속을 가르며 말없이
보내온 두 송이의 장미꽃
그 모습이 가련하다

오늘 아침의 꽃은
왠지 다른 감정
앉을 자리 설 자리가
따로 있는 것 같구나!

다가오는 봄

지상 지하 동식물들
기다리고 있지만
사정 여의치 못하여
때를 기다리는 봄

알면서도 기다려주는
이 강산의 생명체들
지난겨울 혹한에
상처 안고 기다린다

다가오는 봄
같이 할 시간 너무 짧아
오가는 날 기약 없어
붙잡지 못하고 보내야 하는

봄 너는 어디로 가든
귀한 대접 받을 텐데
한 자리 길게 머물라는 것은
우리의 욕심이 아닐까!

계절의 변화

봄날 파란 눈망울들이
너도 나도 앞다투어
짙은 녹음 하늘 가리더니

여름이란 계절의 열탕에서
울긋불긋 고운 자태로
갖가지 색동옷차림 하고

가을 단풍객 맞으러
친구들과 어깨동무
나고 자란 고향을 떠나

앞서거니 뒤서거니
겨울이란 계절 앞에
바람결의 안내로
가는 길이 달라지네

어떤 이에겐 낭만으로
어떤 이에겐 불청객으로
우리 인간도 다를 바 없어
조금 더 길고 짧을 뿐이라네!

나무

지난봄
파릇한 새싹이
여름이란 친구 만나
푸르게 녹음되어
하늘을 가리더니

울긋불긋 화려한 변신
가을이라 말하고 있네
그들 가을 이야기 끝나면
입고 있던 그 옷

한 올도 걸치지 않고
내년 봄 새 생명을 위한
밑거름이 되어주고
스스로는 엄동설한

벌거벗은 나목으로 체력단련
가슴에 새싹 잉태하고
때가 되면 절기 찾아
파릇한 눈망울로

봄을 알리는
천사 같은 전령사로
계절을 순회하는
지고지순의 그들 나무여라.

천사

백의의 천사에게 선물 받은
백옥 같은 하얀 백지
그 넓은 광야에
그대를 향하여

옛 추억을 마음에 실어
보내렵니다

그 추억
미래를 위하여
뒤안길에서
고이 멈춰 있지만
우리의 젊음이었고
현실의 동행자였지

우리의 황혼처럼
영원히 잊혀 갈
추억도 황혼이겠지.

계절의 문턱

떠날 생각 없이
영하의 날씨인데
노란 싹 예쁜 꽃으로
하루가 다르네

봄맞이 환영객으로
너도나도 촘촘히
문턱에서 열병(閱兵)하듯
어깨동무하고

모두 기다리는 봄
가기 싫은 동장군
세월 흐름 거역 말고
앞서간 가을 찾아

밀려오는 봄
가기 싫은 겨울
누구의 잘못인가!

거울

거울이란
자기만족과 반성을
동시에 보여주는 선생님

거울이 없었더라면
모두가 착각
자기 잘났다고

힘이면 최고
안하무인
짐승 같은 행동들
생각만 해도 아찔

선생님 같은 거울 앞에서
자기 모습
분수 파악하고

잘나고 못남
판단 배워서
여러 사람 앞에
겸손한 행동

돈도 안 들고
야단도 안 치고
묵묵한 교육자
거울이란 선생님.

무소유

봄이라는 계절 열차로
옛 고향 집 찾아와
연푸른 싹 틔우고
고운 몸매 만들어

여름 열차로 환승
녹음의 청춘 시절
멀리서 가까이서
우리를 부르더니

이제 뭔가
달라지는 모습
겨울이란 계절 앞에
떠날 준비하는 그들

갈색으로 옷 갈아입고
가벼워진 모습
무소유를 무언의 행동으로
보여주며 가르쳐 주네.

출근길

하늘은 시커멓고
물보라로 차선이 감추어져
서행할 수밖에 없네

어느 날 불청객들
우리를 괴롭힐 약속이나 한 듯
코로나와 홍수가
방방곡곡 가리지 않고

전염병에 물 폭탄
인제 그만 괴롭히고
탓하지 않을 테니
가라 해도 막무가내

한동안 무전취식
코로나19가 떠나면
그동안의 미운 흔적
없어지리라.

2020년의 봄

2020년의 봄도 다 같은 봄일진대
만물이 소생한다는 계절
코로나라는 이름으로 지구가 시끄럽네

그 옛날 코로나는
서민들의 선망이었던
코로나라는 자동차

같은 이름으로
선망과 증오의 대상이 될 줄이야
올해의 봄은 꿈과 희망의 봄이 아니라

코로나의 계절이었다는 생각밖에
오늘은 어제와 내일의 징검다리일진대
입도 막고 손도 잡지 말라 하니
홀로 건너기에는
너도나도 고행의 길이 되겠네!

운명

거울에 비친
초라한 모습
당신에게 맞지 않는
날개란 생각

언감생심 넘친 이념
고심 끝에 당신에게
아픔으로 다가간
우리의 다른 길

어쩌면 운명이겠지
얼마 남지 않은 세월
행복의 꿈을 안고
새로운 출발

원망하는 마음보다
배려하는 마음으로
행복의 주인공이 되시기를.

푸른 하늘

창 밖으로 보이는
푸른 하늘
문득 생각나는
어느 여인의 얼굴

높고 넓은
저 푸른 화판에
그녀의 얼굴과 이름
남겨 보고 싶네

그 그림 보려면
고개를 들어야겠지
쳐다보는
화폭 속의 주인공

그림 속의 그 여인
황혼의 인생길로
여행의 동반자가
되어보고 싶네!

대나무

지조 청렴
결백의 상징
당년에 평생의 키로
그 이름 대나무

동서남북
풍향에 따라
이리저리 흔들리며

층층의 공간 비워두고
길게는 백 년 이상
외벽 다지며

긴 세월
제 자리에서
주인 찾는
대나무 아파트.

노인과 낙엽

제2부

종이컵도 분수를 아는데

일회용이지만 / 자기 분수만큼 받고
그 이상은 넘침으로 / 거절을 표한다

공기와 물

우리의 삶에
없어서는 안 될 것을
공짜로 얻다 보니
귀한 줄 모르고

어느 날 하루라도
없어서는 안 될 것이
값이 싸다 보니
펑펑
아낄 줄 모르고

없어도 될 것은
그 몸값 크게 비싸도
서로 가져 보겠다고
모두가 선망하는구나

빈손으로 왔다가
100년도 못 살고
빈손으로 갈 것을
그리 욕심낼까!

그보다 더 귀한 것
저만치 놓아두고
가져보고 만져보면
무엇이 달라지나.

젊은이의 책무

마땅히 가꾸고 지켜야 할
이 땅의 젊은이여
후손 된 도리를
잊지 않기를

희생과 기사도 정신이
젊음의 상징일 텐데
혹 계산 앞에 무릎 꿇고
젊은 기백 내려놓지 않기를

이 나라 인구는
자꾸만 줄어 가는데
돈이 없다는 이유로
혼인과 아이를 거부

안타까운 현실
젊은이의 의무이자 사명으로
부지런하고 지능이 높은
우리 민족 영구 불멸해야!

가족 나들이

유난히 쓸쓸한 올 추석
큰아들 집에서 차례를 지내고
한탄강의 상류
고석정을 찾아
모처럼 만의 가족 나들이

관광객을 앞뒤 배경으로
한 폭의 동영상
그림 속에 입장

가족의 주선으로
한탄강 유람선에 올라
기암절벽 풍경 속에
도취하여 한참 동안
무아지경 속을 노닐다 보니

서산으로 해가 넘어가는
아쉬움의 시간 뒤로 하고
귀향길에 오른다.

이틀만의 계절 변화

수년 전 여름 여행길
바다 건너 지구 저편
말만 듣던 아메리카
이틀 만에 여름에서 겨울

200여 년 안팎의 역사에
4,300만의 인구를 가졌고
남에서 북단까지 6,000km
넓은 땅 가진 나라 아르헨티나

나라가 길다 보니
4계절을 가진 나라
시간도 계절도
우리와는 정반대

추울 줄 알았는데
우리의 늦가을 정도
머무르는 한 달 동안
눈과 어름 구경도 못 하고

그 유명한 이구아수 폭포
장관의 백옥 물결
자연의 섭리 웅대함을
눈에 담고 가슴에 담았네!

응원합니다

너는 떠나긴 했지만
가르치기도 했다
그 덕에 내 마음의
방향키가 달라져

너와 나라는
동행의 의미를 배웠고
오늘에 충실함이
삶의 의미가 크다는 것을

오늘 살아 있음에
내일을 영접할 수 있고
추억과 큰 꿈 동행하며

눈으로 보고 잡을 수 있는
기대와 희망으로
한 번뿐인 삶
당신의 바램에
큰 박수 보낼게요.

천생연분

세상을
아름답게 살려면 꽃처럼
편안하게 살려면 바람처럼

꽃은
아름다움에 향기까지
벌에 꿀까지 내어주며
자선가로 머물다 떠나가며

바람은
물 건너는 다리도 필요 없고
넓은 들 높은 산 마음대로 동분서주
무엇하나 거칠 것 없네

꽃과 바람
연인이라면 이보다 더 좋은
천생연분 어디 또 있겠나!

70년의 한

임진각에서 서울 53km
개성은 그 반도 안 되는 22km
걸어서도 한나절 길
멀고 가까운 나라
많이 오가는데

단군 후손으로
꿈에도 잊히지 않는
혈육의 얼굴들
가슴에 담고
이제나저제나

어렸던 아이들이
할아버지 할머니가 되어
백발이 성성하도록
만날 날 학수고대
70여 년을 기다렸는데

옛 사진 들여다보며
언니 동생 손가락 짚으면서
한 맺힌 눈물 짓는다
바램도 희망도
기약 없는 헛수고

인제 그만 그때 그 얼굴에
발달한 사진 기술로
70년의 세월을 옮겨 담아
그 옆에 지금의 내 모습도
한을 담은 가족사진 되었네!

하소연

코로나처럼
끈질긴 저승사자를 만나면
끌려가지 않을 사람 없겠네

밤낮으로 헌신하는
의료진을 쥐락펴락
의술을 비웃기나 하듯이
행적을 감추고 이곳저곳에서
불쑥 존재를 알리는
코로나의 악행

삼복더위
그렇지 않아도 힘든데
무슨 죄 그리도 많아
마스크로 숨통까지 막으려 하나

아, 만백성 손 모아 기도하며
존경하는 하나님 부처님도 모르쇠 하는데
어느 뉘 이 고통 하소연 들어줄까!

시작과 끝

세상만사 시작과 끝의
표현과 방법은
상황에 따르겠지만
시작은 끝을 향한 출발

지겨웠던 장맛비
오늘도 앞다툰다
내일모레 떠난다고 하니
오늘 내리는 비는

무엇인가 아쉬운 듯
지난날 못된 짓
큰비 적은 비로
용서를 구하는 건지

아님 먼 길 떠날 때
브레이크 확인해보는
속도 조절 점검인가
생각에 잠기게 하네!

사람

게으르면
돈이 멀어지고

변명에는
동정심이 등 돌리며

거짓말에는
희망이 없어지고

간사함엔
친구가 멀어지며

비교하는 사람
만족이 오지 않는다.

바람

바람이 있기에
꽃이 피고
꽃이 피어야
열매가 있거늘

불지 않으면
바람이 아니고
늙지 않으면
사람이 아니고

가지 않으면
세월이 아니지
세상엔 그 무엇도
무한하지 않아

내 젊은 한 때도
그저 하염없이
흘러가는 강물처럼
한 장면일 뿐이지!

쾌락과 고통

젊었을 때
잠시 잠깐
즐거움으로 뿌린 씨앗

늙었을 때
두고두고
고통으로 거둬들이며

쾌락은
이따금 찾아오는
방문객이지만

고통은
언제 어디서든
평생을 잔인하게

매달리며
몸과 마음에
깊은 상처를 남긴다.

종이컵도 분수를 아는데

일회용이지만
자기 분수만큼 받고
그 이상은 넘침으로
거절을 표한다

만물의 영장이라면서
가져야 할 욕심
버려야 할 욕심
아는지 모르는지

그 욕심 때문에
만인의 입방아에 오르고
사후(死後)까지 평가의 대상
그런 사람 분수는 종이컵보다
나을까요, 못 할까요?

더위와 동행

녹음의 계절 6월
낮이 제일 길다는
하지가 엊그제

찌는 듯한 더위 속
지루한 장마가
자기들 순서라네

불평하면서도 견뎌야 할
자연의 섭리인 것을
어찌 막을 수 있나

기왕 겪을 일이라면
1년에 한 번 찾아오는
절친 친구로 영접하세.

조화

요지경 속의 세태 속에서도
변함없는 너의 지조 그 자태
네가 생화로 그 자리에 있었다면
벌써 이별을 고하고 떠났을 텐데

조화라는 이름으로 태어나서
그곳에 자리 잡고 앉아
소리 없는 미소로 반겨주는 너
외로운 나에게 친구가 되어주는구나

기왕이면 바람에도 흔들려주고
향기도 내어 줄 수 있다면
이보다 더 금상첨화는 없겠지
이것이 무한(無限) 인간의 욕심일 거다.

수평선

저 멀리 수평선에서
어깨동무하고
바닷가에 다다라
더 갈 수 없으면
잔잔했던 그 모습이

싸움꾼으로 돌변
묵묵히 서 있는 바위에
맞서다 산산이 부서지며
거품으로 사라진다

검은 바위 백옥 물결
넋을 잃고 바라보다
그들도 그들 나름
주어진 운명이라면
피할 수 없을 테니

자연의 조화로 이해하고
아름다운 모습으로
승화시켜 바라본다면
그 모습 더 아름답겠구나!

주어진 행복

큰 선물 받아놓고
감사와 행복은 모르고
큰 것 작은 것 욕심에 집착
불평불만 왜 그리도

하기야 눈 없고 귀 없으면
보지 못하고 듣지 못할 테니
불평불만하더라도 적겠지

눈에 한 번 감사하고
귀에 한 번 감사하며
매사에 감사하는 마음으로
손과 발에도 감사해 주세요

그럼 당신은 행복 속에
와 있는 주인공일 테니까.

노인과 낙엽

제3부

오늘과 내일

어제는 알고 있지만 / 내일은 모른다
오늘을 값지게 보내야 / 내일의 행복이

언어와 행동

애교 있는 행동은
보는 사람의 눈을
즐겁게 하고

진심이 담긴 행동은
여러 사람의 마음을
움직이며

인격이 담긴 언어는
누구라도
존경심을 갖게 하고

어려운 일을 보았을 때
내 일처럼 달려들면
초면부터 박수받고

폭언과 폭군은
언제 어디서라도
불행을 불러들인다.

황혼의 낙원

과거를 털어내는 어제와 오늘
당신의 기분은 묻지도 않은 체

당신의 배려 담긴 말에
꿈과 희망을
그려보고 가져보네

사람들은 이렇게 이기주의에
당신과 나도
그중의 일부이겠지

당신의 머리에 입력된 나의 인생사
노욕이란 생각도
떨칠 수는 없네

그런데도 박수를 보낼 수 있다면
서로의 등불이 되어주는
낙원 가는 길이 아닐까!

단풍

가을의 풍만함도
보고 느끼는 사람에 따라
환상 찾아 여기저기

끼니가 걱정되는 서민층은
엄동설한 걱정이 앞서
단풍 구경 꿈같은 이야기
가는 사람 뒷모습만

누구는 찾아 즐기고
누구는 그림의 떡
이것이 금수저, 흙수저인가

다 같이 주어진
자연의 환경에도
높고 낮은 산처럼 우리의 삶도

빈부 차의 굴곡에 따라
춤을 추어야 하는
광대라는 생각에서
떠날 수가 없네!

유혹

황혼 길에 불행 인지
다행 인지
두 연인 틈에
축복받고 사랑받으며
오늘도 행복에 잠겨 있는데

저 멀리 먼바다
하얀 물결 어깨동무
바닷가 다다라
모래밭을 넘나들며

백사장 길 동행하자고
근심 걱정 없는 미풍의 물결
나를 유혹하네

오늘도 자연스럽게
발길 따라 그들 앞에
넋 놓고 멈춰서
온갖 시름 내려놓고 있네!

놓친 고기

서울 가는 버스에
지친 몸을 맡기니

엊그제 놓친 고기
예쁘게 컸다며
자꾸 생각날까?

또 잡으면 될 텐데
그 고기가 유난히
뇌리를 스쳐 가네!

아마도 착한 사람 만나
거실의 꽃병 옆자리
화려한 어항 속을
한가로이 거닐며

주인 총애 받고
그 모습 그 자태
오늘도 내일도 보여줄 듯.

나산초등학교

까까머리에 검정 고무신
동자승 같았던 어린 시절
찰랑대는 책가방

검정 보자기를
가로 매고 뛰어다녔던
4km의 통학 길
가끔 자동차가 지나가면

구름 같은 흙먼지 속에서
친구 이름 부르며
이리 뛰고 저리 뛰던
그 시절을 황혼길에서 돌아보니
아련한 그 모습이
아직도 생생한 추억

문맹에서 눈 띄어준
나의 선생님 보고 싶구나
나산의 나의 모교를!

물

없어서는 안 되는
모든 생물의 생명수
가뭄에는 최고의 보물
홍수에는 천재지변

적당하면 좋겠지만
그것은 인간들 바람
생명과 재산을 앗아가는
악마 같은 수마

어쩌면 우리가
무심코 지나치는
지구환경 오염시킨
대가(代價)일 것이다

준 만큼 받는 것은
당연한 계산법
재앙 받는 대기오염
누가 누굴 탓할 것인가!

육체와 영혼

부모에게 물려받은
육체와 영혼
육체는 영혼이
머물다 갈 전셋집

머무는 동안 하자 보수는 필수
화려한 명예와 문패 달고
세상 끝까지 갈 것처럼
기세 등등 고관대작도

힘없고 배경 없어
들풀같이 밟히면서
초근목피로 억울하게
살아온 그들도

저승보다 이승이 좋다고
가지 않으려 몸부림하지만
수명 연한 다 되어
떠나야 할 운명 어찌하리오.

사랑

병석(病席)의 부인에게
돈이 없는 남편
장뇌삼을 산삼이라고
철석같이 믿어주는 아내

잔뿌리까지 다 먹고
빠른 건강 회복
남편의 거짓말
양심 고백에

아내는 미소로
인삼도 산삼도
먹지 않았고
당신의 사랑을 먹었을 뿐이에요.

오늘과 내일

세월의 흐름 따라
굴곡진 세상

노년의 경험과 지식
지난날의 역사

젊음의 용기와 상식
노후의 주추

어제는 알고 있지만
내일은 모른다

오늘을 값지게 보내야
내일의 행복이

굴곡진 거친 세상
아름답게 지나가리.

내 고향의 추억

떠돌던 사람
고향의 추억은
어디서 찾을까

유년 시절
전남 함평 땅에서
초근목피로

청년 시절
서울 이곳저곳
떠돌이 생활

만고풍상
좋은 시절 헤매다가
경기도 끝 여기까지

가정을 이루고
아들딸 갖게 해 준
지금의 이곳

50여 년 살아온
이곳 포천 땅이
별다른 추억은 없어도
나에게는 또 다른 고향인 듯.

우산

오늘은
수업이 있는 날

날씨에 별 관심 없이
서둘러 7시에 집을 나섰다

차에서 내렸을 때는
모두가 우산 속에 종종걸음

필요를 느끼는 순간
약한 비에 살까 말까
주저주저 목적지에 도착

우산 생각에서 멀어졌다
인간이란 순간순간
필요에 따라 변덕쟁이

오늘도 몇 차례
저울질의 대상.

정리

빈 손으로 왔다가
빈 손으로 간다는데
77년간 어지러 놓은
나의 주변 크고 작은 것들

이제부터 정리를 시작해도
그리 빠르지 않을 텐데
그런데 쉽지가 않다
들었다 놓았다 다시 제자리

욕심일까 습관일까
언제 필요할지 모른다는 생각
나의 손때가 묻은 물건들
차마 버리기가 쉽지 않다

결국 필요에 따라
모아 온 사람 따로
필요치 않아 버리는 사람
따로일 것 같다.

시계

긴 의자에 누워 듣는 초침 가는 소리
우리의 숨소리처럼 들린다
어제도 오늘도 빠르지도 늦지도 않은
정직과 고지식의 바로미터인 것 같다

지금도 두 팔 벌려 출근 시간 알려주며
말하지 않고 행동으로 보여주어
너는 나에게 믿음을 주었기에
수시로 눈을 돌려 대화를 나눈다

큰 것을 바라지도 않는 너
건전지 하나면 불평불만 없이
뒤도 돌아보지 않고 일편단심
360도의 우회전 길에 오른다.

먼저 떠난 당신

먼저 길을 떠난 당신이 야속도 하고
지켜주지 못하고 너무 일찍 떠나보내
죄스러운 마음, 못다 한 마음 미안도 하네

당신 먼저 보내고 이리도 마음이 저릴 줄은
이것도 저것도 다 버리고 떠난 당신이
안타깝기도 하지만 한편 부럽기도 하였다네

걱정도 번뇌도 다 잊고 그곳에서는 아픈데도
없을 테니까 영혼이라도 편안하게 지내시오

어느 스님의 말씀, 그곳에 가는 것은 멀면서도 가깝더군
들어왔던 숨이 다시 나가지 못하면, 가는 길이 달라진다고
그 말에 동감을 하면서 남은 삶, 욕심, 걱정 다 내려놓고

후회 없이 살다가 이곳을 떠날 때 당신이 반겨줄지
그리움을 얻을 수 있다면 멀리서라도 얼굴 보고
이름이라도 한번 불러보고 싶네요!

카운트 다운

인연 따라 칠칠 년의 세월
그간의 흔적 크고 작은 주름살들
인생 역사 축소된 화판이겠지요

인제 그만 가야만 할 길
카운트다운에 들어선 황혼 길
바람에 쫓기듯 날아왔다가
끌려가듯 날아가는 낙엽처럼

아옹다옹 억지로 끌려가는 것보다
부질없는 이 욕심 저 욕심 다 접고
꿈에 부푼 아이들의 소풍처럼
넓고 푸른 딴 세상 여행으로 품자.

미운 비

기다리는 비는
소리도 고운데
주룩주룩 얄궂게
들리는 빗소리

국민의 원성이 높은데
하늘도 무심해라
코로나에 수마까지

이래저래
전염병과 홍수
그리고 복구로
시달리는 사람들

2020년
큰 꿈 안고 출발한
새해가 한스럽겠구나.

노인과 낙엽

제4부

노년의 향기

화사하게 만개했던 저 꽃처럼 때가 되면
노년의 향기를 그득히 남기고
미련 없이 훨훨 떠났으면 좋으련만

젊음과 늙음

젊음과 늙음
오가는 인생사

젊었을 때 몰랐던
외로움과 괴로움

늙어 혼자가 안 되려면
도전과 실천이 있어야

눈물 없는 눈엔
무지개가 뜨지 않을 테니

시간을 잘 다스려야
황혼 길이 멋지고

외롭지 않은 삶을
누리게 되지 않을까!

예전엔 몰랐네

젊었을 때는 노인의 고독을
건강할 때는 아픔의 고통을
넉넉할 때는 가난의 어려움을

그때는 왜 몰랐을까?
젊음이 좋다는 것을
건강이 보배인 것을

눈과 귀로 보고 들으면서
남의 이야기로 지나쳤는데
중년 넘어 초로가 된 지금

몸이 말하네
가슴이 말하네
노인의 고독과 외로움을
이제라도 알아주라고.

노년의 향기

확 트인 신작로 양편에 도열하듯
줄지어 서 있는 제 멋대로 생긴 검은 기둥
큰 가지 작은 가지에 나비처럼 살짝 앉은
연분홍빛 고운 색깔 넓고 푸른 하늘을 가리네

따스한 햇볕 아래 상큼한 그 향기
느낄 듯 말 듯 기분이 업 되었는데
어디서 왔는지 청하지 않은 불청객
시기를 하듯 대지를 적시는구나

조금 전 상큼했던 그 모습은 간 곳 없고
비 맞은 나그네처럼 처량하다 못해
쓸쓸한 그 모습은 마치 갈 곳 없고 찾아주는 이 없는
노년의 힘없는 뒷모습을 보는 것 같다

우리 인생도 따스한 햇볕 아래
화사하게 만개했던 저 꽃처럼 때가 되면
노년의 향기를 그득히 남기고
미련 없이 훨훨 떠났으면 좋으련만.

추위

옛 생각 하면
별 추위도 아닌데
조금만 추워도
왜 그리 못 참을까!

자존심 강하고
안으로 기름지고
겉으로 짐승의 털까지
그러고도 춥다고 하네

열대지방 사람처럼
몸집만 커지고
참을성은 작아지고
불평불만 많아진 현대인들

잘 참고 잘 견딜 줄 아는
인생 선배님들 보고 배워
존경까진 몰라도
무시하지나 않았으면!

미련

자주 볼 땐 미워도
먼 세월 뒤안길에서는

미운 정도 정이 되어
어쩌다 한 번쯤은

머리를 스쳐 가며
가슴에 맺혔던 응어리도

괜찮았던 한 토막의 추억도
미련으로 왔다 가겠지

그때 그 사연들 내가 아직도
살아 숨 쉬고 있음이어라.

가난은 고생

낭랑 18세에 훈장님의 딸로 태어나
어려운 가정 아버지를 만나 일가를
두 분의 금슬 아래 줄줄이 7남매
낳아 기르시느라 고생도 많으셨지요

곱디고운 새댁이
이곳저곳 이사 다니며
가진 것 없으니 품삯 일까지
그 고생 어이 말로 다 하겠소

아버지는 남의 땅 빌어
가을 수확 반씩 나누는
반타작 농사로 허리가 휘고
뼈가 맞도록 고생만 하시다

겨우 회갑 지나시고 저세상으로
그 뒤 어머니는 80 조금 넘기시고
먼저 가신 아버지 찾아 떠나셨던
그때 그 모습 지금도 아련합니다.

추석을 맞아

조상에서 후손들까지
한자리에 모이는 한가위

지하에 계시는 조상님께
코로나로
걱정을 하게 하네

냄새도 없고
보이지도 않는
귀신같은 코로나19로

질투인지 시기인지
추석 명절까지
오가지도 못 하게 하네

고향에 계신 부모님
안 와도 괜찮다는 그 말속에
담긴 아쉬움
쓸쓸하게 들려오네!

보내주어야 할 사람

당신의 마음
나한테 머물 때
당신의 행복은
쌓여가고 있었소

그 행복 시간 다 되어
당신을 찾아와 주었고
그 행복이 나에겐
아픔으로 왔지만

내가 못다 할
그 행복 찾아준 당신
진정으로
축복해주고 싶소

그동안의 고생
두 배 세 배로
행복을 누리시고
만수무강하시오!

하늘의 변덕

변덕이 심한 하늘
아침엔 햇빛으로
인사 나누고

우산 없이 길 나선 사람
당황케 하네
인간의 변덕 보고 배웠나

하루에도 몇 번씩
흐렸다 개었다
하늘도 못 믿겠네

비 올 때만 찾는 우산도
비가 개면 관심 없어
아무 데나 놓고 가니
주인 잃고 외롭더라

잠시 후 새 주인 만나
가는 곳도 모르고
따라나서는 너
이것이 너의 운명이던가!

얼굴

화내는 얼굴은
아는 얼굴도 낯설고

웃는 얼굴은
모르는 사람도 친근하다

찡그리는 얼굴은
누구라도 보기 싫고

웃는 얼굴은
누구라도 보기 좋다

고운 모래 얻기 위해
고운 채가 필요하듯
고운 얼굴 만들기 위해
고운 마음 필요하다

멋진 미래 바란다면
현재를 보람되게!

천재의 단점

학교 시험에서
매번 전체 1등
시험에 자신감으로

회사에 취직시험
합격자 발표문에
자신의 이름 없자
자존심에 자살 선택

주위에서 아까운
천재의 죽음이라고
안타까워하는데

차라리 잘 됐다는
사장님 해명의 말
그 죽음은 안타깝지만

1등 주의가 회사 간부
어려운 일에 임했을 때
단순한 생각으로
전체가 어려워진다.

말

부주의 한 말
다툼의 원인 되고
잔인한 말
삶을 파괴하고

지나친 바른 소리
적을 만들고
싫어하는 언행엔
증오의 싹이 튼다

생각 없는 무례한 말
사랑의 불을 끄고
축복하는 고운 말
사랑의 불씨 된다.

손자의 모습

50여 년 전의 군 시절을
회상하며
군복을 입은 손자와 마주

노인들의 교육이라는
기본 잔소리
50여 년의 세대 차이

듣기가 싫었을 텐데
겸손한 자세로
경청해주는 손자의 성장에

전철역까지는 200여 m
우산까지 챙겨 주며
전송해주는 배려에

깊이 감동하고
귀갓길에 올랐다.

청계문학

항상 제 자리
우리를 맞아주는
청계문학
당신이 누구길래

멀다 하지 않고
바쁜 시간 쪼개어
제 발로 찾아와
놀다가는 우리

왜 일까 궁금하여
오늘도 이 자리에
지난번 맞아주었던
그 의자도 반겨 주는데

양해도 구하지 않고
덥석 주저앉아
마주 계신 선생님의 강의를
듣고 있을까?

바뀐 우선순위

다는 아니고
그 속에 일부
인간으로 태어나
사람 자식 안 기르고

개와 고양이
자식처럼 등에 업고
가슴에 안고 입맞춤까지
조금만 아파도 병원에

부모가 아프다면
그 소리 듣기 싫어
모실 줄은 모르고
병원에 안 간다고 짜증 부려

우선순위 바뀌었네
부모에게 그 정성
몇 분의 일만이라도
효도 소리 들을 텐데

사람 자식 낳아
그 정성 그 사랑으로
키운다면 나라에 충성
부모에게 효도하며

그렇게 늙고 병들면
나라에 도와 달라
떳떳한 마음으로
손내밀 수 있을 텐데.

서랍장과 문지기

도시마다 높고 낮은
직사각형의 서랍장들
그 앞에 24시간 대기 중
언제 어디서 부를 줄 몰라

서랍장의 문이 열리면
틀림없이 나를 부른다
아침에는 나가는 손님
저녁에는 들어오는 손님

서랍장 안의 사람들에겐
없어선 안 될 수호신의 존재
한 사람도 열 사람도
많다 적다 불평 없던

친절했던 그 친구가
단전되면 제 자리에서
꼼짝 않고 행동으로 보여주며
인색해지는 그 이름 엘리베이터.

악연과 동행

올해는 악연과 동행
무슨 한이 그리도 많아
아직도 떠나지 않고
우리를 괴롭히는 코로나19

이름도 낯선 데
하는 짓도
무형 무취 무증상까지
무엇이 아쉬워 못 떠나는가

그동안 아픔 너무 많아
새 백신 나오기 전
왔던 길 알고 있을 테니
인제 그만 작별하자꾸나!

노인과 낙엽

제5부

눈길의 여행

아침부터 캄캄한 하늘 / 펑펑 쏟아지는 눈 길
큰 아이의 주선으로 / 모처럼만의 나들잇길

겨울

춘하추동 4계절
넷 친구가 약속이나 한 듯
오면 가고 가면 오는
바통 받기 그중에 겨울

앙상한 나뭇가지에
하얀 옷 입혀주고
내년 봄 돌아날
새싹들 추울까 봐

보온 덮게 이불 되어
엄동설한 지켜주고
저만치 오는 봄에 밀려
이불 개듯 걷어서

가는 곳 어디인지
봄에 자리 내주고
흔적 없이 길을 떠나는
그 친구가 겨울이라지.

순리대로

복은
겸손함에서
근심은
욕심에서

재앙은
탐하는 마음에서
죄악은
어질지 못한 데서

순리대로
오는 것 거역 말고
순리대로
가는 것 잡지 마라

만사형통엔
욕심 내려놓고
가화만사(家和萬事)
여기에서 찾구려.

장점 찾아

현명한 사람
장점 먼저 찾아내
멋지게 살고

그렇지 못 한 사람
단점에 매달려
운명 탓하네

주어진 운명이라
포기하지 말고
숨어있는 장점 찾아

생각 바꾸면
세상도 달라 보이고
삶도 바뀔 것이다.

상류층

술도 한잔했겠다
차도 한잔할까 하고
오랜만에 들른 다방
여기저기 찻잔 속의 대화

마담의 인사를 받고
자리에 앉으니
물 한 컵에 주문의 절차
알아서 달라고 했더니

잠시 후 이름도 낯선 차
긴 시간 앉아 있을 수 없어
카운터에 들르니 만 이천 원
서민에게는 부담스러운 가격

아마 나를 상류층으로
높여 보아 주었을까
그렇다면 오늘 이 시간만은
12,000원 차 한 잔의 상류.

이름 석 자

백 세 인생이라
쉽게 말하는데
머리에는 흰 서리
얼굴엔 깊은 주름

거울이 말해주네
살 만큼 살았다고
그래서 그러는지
이름 석 자 불러주는 이 없고

간혹 초등학교 동창이
불러주는 그 이름 속엔
보자기 책가방
가로 매고 뛰던 그 시절
동심으로 돌아가네

그래도 허심탄회한
속마음을 비워 볼 수 있는
친구들이었는데

무엇이 그리도 바빠
우리 곁을 먼저 떠난
그 옛 친구를 생각하니
이 가을도 쓸쓸해진다.

세월에 끌려가네

빈틈없는 시간을 앞세워
앞으로밖에 모르는 세월

그렇다고 빠르지도 늦지도
누구도 차별하지 않고

멈추는 법도 더디 가는 법도
저축도 빌릴 수도 없는
때로는 무정하고 야속한 세월
법이 필요 없는 독불장군

우린 낮에 일하고 밤엔 쉬는데
낮도 밤도 쉴 없는 세월

누가 그 세월 피할 수 있고
붙잡아 멈출 수 있겠는가?

어쩔 수 없이 귀신에 홀린 듯
저항 못 하고 따라갈 수밖에.

노인과 나이

젊은 사람 생각에는
높은 산과 같은
노인의 나이를
어찌 숫자로만

돈 있고 건강한
사람의 이야기지
유행가의 가사일뿐

산전수전 역사가 있는데
여기 덜컹 저기 삐걱
젊은이가 어이 알까

쇠로 만든 자동차도
얼마 안 돼 돈 쓰라 하는데
고장 없으면 비정상이지

젊은 그대여!
포장길 끝나 비포장 들어서면
속도 떨어지고 불편하다고
덜컹대지 않던가!

천당과 지옥

믿음에 보상을
바라지는 않겠지만
그동안 무엇을
얻고 잃었나요?

오갈 때도
무소유라 했는데
가지고 갈 수 없다면
즐기다가 가야지요

그도 저도 주저하다가
때가 되면 부름을 받고
이승을 떠날 때
후회한들 무슨 소용

어찌하여 놓고 갈
그 육신을 무엇 때문에
무형의 틀에 잡혀
갈등을 자초할까!

죽은 뒤 천당 가든 지옥 가든
영혼이 가는 곳이라면
어디 간들 어떠하리
내 할 나름이겠지.

현명함과 어리석음

선각자는
미래를 예측하는
이목(耳目)을 가졌고

현명한 사람은
보지 않아도
말만 들어도 알 수 있고

똑똑한 사람은
들어봐도 모르고
보아야만 알 수 있고

보통 사람은
말만 듣고는 모르고
보고 들어야 알고

어리석은 사람은
보고 듣고 말로도 모르고
잃은 뒤에야 알게 된다.

오가는 계절

가을을 밀치고 들어섰던 겨울
그때 그 자리 엊그제 같은데
봄의 전령사, 입춘이 저만치서

새 소식 가득 안고
이 강산 찾고 있을 봄
내 마음 화판에 아련한 그림

유난히도 짓궂었던
지난겨울 동장군
그 기세로 코로나19 라도
잡아 주었더라면

손뼉 치며 환송해줄 텐데
그리는 못 하겠으니
지체 말고 떠나거라

그래도 봄 여름 가을은
우리에게 희망을 주고
휴식을 주어야 하는 겨울
휴식 아닌 고통을 주었네!

눈길의 여행

아침부터 캄캄한 하늘
펑펑 쏟아지는 눈 길
큰 아이의 주선으로
모처럼만의 나들잇길

올 겨울 백옥의 첫 선물
산야는 하얗게 덮여가고
자동차는 엉금엉금
조심스러운 네발 아기 걸음

깜박깜박 반딧불이
비상이라고 위험신호
성질 급한 기사님들
느린 속도 어이 할꼬

올 겨울 첫나들이
아들의 배려로
백옥의 카펫을 밟으며
조심스러운 여행길이었네.

갑질

사철 문틈은 같은데
강한 겨울바람엔
문틈도 약해지나

여름엔 황소바람도
별로인데
겨울엔 실바람도
움츠리게 하네

무형 무취의 바람도
이렇게 갑과 을이라면
인간 세상 오죽하리

조금 더 배웠다고 아는 체
조금 더 가졌다고 있는 체
갖가지 방법으로 갑질

하늘 높고 땅 넓은 줄 알면
더 배웠어도 하늘 아래
더 가졌어도 땅 위에
뭐 그리 대단하다고!

파란만장

열세 살 어린 나이
고향 떠나 타향살이
길고 짧은 다리
많이도 건넜지

파란만장 긴 세월
크고 작은 사연들
어제 같고 오늘 같은
다시 못 올 추억들

잊고 싶은 지난 세월
나에게 필요한 건
어제가 아닌
오늘과 내일

화살같이 지나가는
남은 시간 얼마일지
그 시간에 주름잡아
두고두고 만나고 싶네!

갈 수밖에 없는 길

남은 시간
얼마일지 몰라서
조급해지는 마음

애인처럼
오래 만나고 싶은
화살 같다는 시간

붙잡을 수도 없고
돈 주고 살 수도 없으니
아쉬운 마음만 가득

가는 세월
그 누구도 어쩔 수 없고
따라가야만 하는 길

누구라도
끌려가듯 밀려가듯
갈 수밖에 없는 길이어라.

귀

알아서
열리고 닫히는
귀가 있다면
좋을 것 같다

나쁜 소리엔
금방 닫히고
좋은 소리엔
바로 열리는

그런 귀가
있다면
이것저것
가려 들어

인간 천사
많아질 텐데
둘이 아니면
하나 만이라도.

깡통

깡통은
비워있던
채워있던
소리가 없고

소리 나는 깡통은
내용물이 조금 있을 때

사람은
아는 사람
모르는 사람
아무 말 없으며

무엇을
조금 아는 사람이
빈 깡통처럼
시끄럽다.

징검다리

추억을 위해

오늘을 위하여
어제의 역사는
지난밤과 함께

동창의 밝아옴에
이 몸의 꿈틀거림
자연의 섭리일까

아니면 습관일까
내일의 추억을 위해
오늘의 역사 출발을

어제와 내일의 징검다리
그 속에 후손들 보고 배울
나침판을 그려보자.

□ 평론

審美的 영상으로 승화한 시 세계

– 노희남 시집『노인과 낙엽』

張 鉉 景
<시인, 문학평론가>

審美的 영상으로 승화한 시 세계

– 노희남 시집 『노인과 낙엽』

張 鉉 景
(시인, 문학평론가)

1. 글머리에

작가가 쓰는 시는 삶의 예찬이 되어야 한다. 좋은 시 작품은 좋은 생활을 하는 자에 의해 만들어지는 법이다. 시는 일상의 체험에서 인식된 발견이며 삶의 현장에서 시적 경험을 아름답게 그려 담는 그릇이다. 좋은 생각을 어떤 형태로든지 밖으로 표출했을 때 좋은 시가 탄생하는 것이다. 누구나 '사람은 무엇으로 사는가, 어떻게 살 것인가?'라고 한 번쯤은 삶의 과정에서 시인이 되고, 수필가 소설가가 되어 아름다운 삶에의 꿈을 꾸게 되는 것이다.

시인이 가고자 하는 미래를 그리며 욕망에 얽매이지 않고 무념무상으로 한적(閑適)을 추구한다. 깊은 수면, 강렬한 스트레

칭, 맛있는 음식과 가볍게 대작하고 유유자적(悠悠自適) 삶의 꽃을 피우며, 노희남 시인의 시 세계를 그려 본다. 취당 시인은 어린 시절부터 틈틈이 글쓰기를 좋아하였을 뿐만 아니라 60대 시절에도 보이지 않게 문학이 불모지인 환경 속에서도 틈틈이 글쓰기를 멈추지 않아 오늘날에도 그 흔적을 드러내고 있다. 시인의 작품은 이뿐만이 아니라 유년 시절 가난의 체험과 노후의 외로움에서 오는 순수하고 아름다운 사랑으로 치환하여 충족되고 있다.

노희남 시인은 희수(喜壽)의 고갯길에 가깝게 이르러 문단에 데뷔했다. 첫 시집의 출간이 늦은 감이 없지 않지만, 시 등단에 이어 수필 신인상과 시 문학상을 수상하고 등단한 지 1년도 되지 않아 처녀 시집, 『노인과 낙엽』을 출간하게 되었다. 노희남 시인의 시에서는 절망과 슬픔 그리고 비극과 같은 내용은 찾아보기가 어렵다. 시인은 오랜 기간 창작 활동을 잊고 생활해 왔지만, 화자의 원고를 읽으면서 시인의 의식이나 가치관에 대한 투철한 소명 의식과 자부심을 감지할 수 있었다. 나아가 좋은 시를 쓸 수 있는 수련 과정을 거치고 있어 기대가 된다. 비범한 시적 세계를 그려내고 있는 취당(翠塘)은 미래에 희망을 두고 창작 활동을 하는 독특한 인생 행보를 보이고 있다.

2. 시적 소재의 다양성과 성찰의 메시지

지난봄

파릇한 새싹이
여름이란 친구 만나
푸르게 녹음되어
하늘을 가리더니

한 올도 걸치지 않고
내년 봄 새 생명을 위한
밑거름이 되어주고
스스로는 엄동설한

봄을 알리는
천사 같은 전령사로
계절을 순회하는
지고지순의 그들 나무여라.

-- 「나무」 部分

　위에서 인용한 시 「나무」는 화자 자신을 상징하고 있는 동시에 우리가 사는 인생을 상징하고 있다. 지난해 산행길에서 새싹이 녹음되어 하늘을 가리고 이어 울긋불긋 단풍 옷 벗어버리고, 엄동설한을 맞는 나무가 보통 나무가 아니라 무지한 인간을 깨우치는 전령사로 보였다고 시인은 표현하고 있다. '여름이란 친구 만나// 한 올도 걸치지 않고' 등 계절을 의인화시켜서 천사, 전령사로 묘사하고 있다는 점에서 첫 시집을 내는 신인답지 않은 노련함이 돋보인다.

사계절 앞에 서서 시인의 눈으로 사물을 깊이 관찰하려는 의지는 문자의 향연을 넘어 작가의 정신적 의지와 사명감을 작품 속에서 표출시키고 있다. '봄을 알리는/ 천사 같은 전령사'에서 말을 못 하는 나무가 인간을 깨우치는 구도자로 인식하고 있다는 것은 시인의 직관과 투시력이 대단하다고 볼 수 있다. 따라서 화자는 의미 있는 삶과 뚜렷한 소신으로 창작에 임하고 있음이 작품 속에서 드러나고 있다.

저 멀리 수평선에서
어깨동무하고
바닷가에 다다라
더 갈 수 없으면
잔잔했던 그 모습이

싸움꾼으로 돌변
묵묵히 서 있는 바위에
맞서다 산산이 부서지며
거품으로 사라진다

자연의 조화로 이해하고
아름다운 모습으로
승화시켜 바라본다면
그 모습 더 아름답겠구나.

-- 「수평선」 部分

하늘과 바다가 멀리서 맞닿아 경계를 이루는 선을 보고 느끼고 생각한 것을 시로 아름답게 승화시켜 놓았다. 바닷가 저 멀리서 붉은 해가 수평선 아래로 서서히 지고 위로는 주황색 뭉게구름이 띄엄띄엄 수놓고 갈매기들이 한가로이 날고 있다.

자연물인 수평선을 인간에게 비교해 놓아 독자의 사고를 매우 아름답게 끌어내고 있다. 수평선도 멀리서 보면 평온하고 아름답게 보이지만, 가까이 다가가 보면 파도가 삼킬 듯 위험스러워 보인다. 우리 인간관계도 수평선처럼 멀리서 바라볼 때가 희망을 주고 행복과 휴식을 준다는 논리를 화자는 펴고 있다. 시인의 시적 발상이 예사롭지 않다. 지나간 일을 되풀이하여 음미하는 자세가 돋보이는 작품이다.

떠돌던 사람
고향의 추억은
어디서 찾을까

유년 시절
전남 함평 땅에서
초근목피로

청년 시절
서울 이곳저곳
떠돌이 생활

가정을 이루고

아들딸 갖게 해 준
지금의 이곳

50여 년 살아온
이곳 포천 땅이
별다른 추억은 없어도
나에게는 또 다른 고향인 듯.

-- 「내 고향의 추억」 部分

　취당 작가의 문학을 논하는 데 있어서 그 실마리가 되는 것은 고향(故鄕)이다. 희수(喜壽)를 맞이하여 창작의 열정이 깃들여 있는 이 시는 그의 시적 출발의 열쇠가 된다.

　시인은 작품을 통하여 고향에서의 출발과 인생의 전 과정을 폭넓게 노래하고 있다. 나아가 또 다른 고향을 그리워하는 정감의 시가 눈길을 끌고 그 자신의 개성을 엿볼 수 있는 시가 산재해 있다고 하겠다. 그리움을 생생하게 드러내는 시, 성장하면서 추억을 아름답게 구사하며, 험난한 시대를 거쳐 온 시(詩) 정신은 삶의 원동력이 되었을 것이다.

없어서는 안 되는
모든 생물의 생명수
가뭄에는 최고의 보물
홍수에는 천재지변

어쩌면 우리가
무심코 지나치는
지구환경 오염시킨
대가(代價)일 것이다

준 만큼 받는 것은
당연한 계산법
재앙 받는 대기오염
누가 누굴 탓할 것인가!

--「물」部分

  물은 묵시적으로 그리움을 낳는다. 우리가 사는 세상은 온통 물로 이루어져 있다. 높은 산에서 출발한 물은 계곡에서 돌 틈 사이를 휘돌아 저수지에서 잠시 머문다. 화자는 잠시 이 물의 머뭇거림을 알아차리고 그 속내를 끄집어내어 물과 무한한 이야기를 나눈다.

  지구 온난화는 바로 물로 연결되어 있다. 빙하가 녹아 육지가 물로 잠식되고 있다. 가뭄과 홍수가 예전과 같지 않아 천재지변으로 인간의 생명과 재산을 앗아간다. 이는 인간이 자연을 훼손한 것에 대한 자업자득이요, 뿌린 대로 거둔다는 진리를 보여주고 있는 것이다. 화자의 시는 저수지에서 잠시 물이 머무르듯 인간의 몹쓸 그 발원지를 한번 더듬어 보고 싶다는 욕구 본능으로 우리 인간의 회귀본능을 자극하고 있다.

올해는 악연과 동행
무슨 한이 그리도 많아
아직도 떠나지 않고
우리를 괴롭히는 코로나19

이름도 낯선 데
하는 짓도
무형 무취 무증상까지
무엇이 아쉬워 못 떠나는가

그동안 아픔 너무 많아
새 백신 나오기 전
왔던 길 알고 있을 테니
인제 그만 작별하자꾸나!

-- 「악연과 동행」全文

　우리는 꽃피는 시절이 오면 '봄 처녀', '봄날은 간다'라는 노래
부터 떠올린다. 이런 노래가 들리는 곳이면, 어디든지 누구에게
나 무릉도원이다. 발그레한 진달래꽃이 피는 산야는 시인이 꿈
꾸는 유토피아일 수도 있다.

　어쩌면 지금 코로나19 위기는 인간들이 너무 쉽게 빈틈없이
밀착하여 지냈기 때문일지도 모른다. 코로나19가 저 멀리 사라
져 없어질 때까지 우리에겐 미래를 꿈꾸며 사회적 거리 두기가
필요할 것이다. 인제 그만 작별할 때가 된 것 같다. 코로나19가

무엇을 아는지 지상에 올 때 인간에게 선물로 마스크를 가지고 왔다. 코로나19가 없어져도 질병과 황사 예방 차원에서 어색하지 않게 우리는 마스크를 착용할 수 있을 것이다.

남은 시간
얼마일지 몰라서
조급해지는 마음

붙잡을 수도 없고
돈 주고 살 수도 없으니
아쉬운 마음만 가득

가는 세월
그 누구도 어쩔 수 없고
따라가야만 하는 길

누구라도
끌려가듯 밀려가듯
갈 수밖에 없는 길이어라.

--「갈 수밖에 없는 길」部分

우리 인생은 세월 속에서 꿈을 안고 살아간다. 영롱한 아침이 슬처럼 세월은 때로는 황홀하게 흘러가기도 한다.

위의「갈 수밖에 없는 길」은 해가 저물 무렵 즉 나이가 들어 세월이 흐를수록 '조급해지는 마음'에 쓸쓸함이 더해져 화살 같이 빠른 세월을 붙잡을 수가 없어 따라만 가야 하는 아쉬운 마음을 진솔하게 묘사한 시이다. 여기서 주목되는 시적 모티프는 '끌려가듯 밀려가듯'과 '갈 수밖에 없는 길'이다. 이들의 유기적인 관계가 만들어내는 시인의 정서는 이 두 가지를 통해 느끼게 되는 시인의 마음일 것이다.

추억을 위해

오늘을 위하여
어제의 역사는
지난밤과 함께

동창의 밝아옴에
이 몸의 꿈틀거림
자연의 섭리일까

아니면 습관일까
내일의 추억을 위해
오늘의 역사 출발을

어제와 내일의 징검다리
그 속에 후손들 보고 배울
나침판을 그려보자.

-- 「징검다리」 全文

시인은 우주의 시간과 자연의 무한성에 비하여 자신의 생명이 유한하고 죽음을 통해 흙이 될 숙명임을 예감하고 있다. 특히 희수(喜壽)의 나이에 이른 작가의 입장을 감안하고 또 인간 존재의 유한성을 시간 개념에서 파악하며 '문학이란 진정 무엇인가, 왜 존재해야 하는가!'일 것이다. 문학의 역할은 무엇인가? '어제와 내일의 징검다리/ 그 속에 후손들 보고 배울/ 나침판을 그려보자'일 것이다. 주어진 현실을 극복하고 미래의 삶을 펼치는 데 도움을 주려는 것이다.

인간은 언젠가 올 죽음을 예감하며 그 숙명성에서 벗어날 수 없지만, 때로는 작가로서 문학이라는 예술을 가슴에 품고 영원히 사는 것을 꿈꾸어 보기도 할 것이다.

3. 맺음말

인간의 육신을 한 줌의 흙 또는 집으로 보는 것은 종교의 오랜 가르침이라 할 수 있다. 언제부터인가 눈부심이 사라지고 여기저기 고장이 나서 자신이 점점 변해가고 있는 것이다. 즉 인생이란 찬란했던 삶이 흙으로 돌아가는 과정에 다름 아닐 것이다. 그 가운데 시는 아름답고 신비로운 예술의 원형이다. 그 호소력은 강렬한 여운으로 남아 읽는 이의 가슴에 녹아든다. 그래서 문학을 사랑하는 사람들은 아름다운 글 한 편에 행복해하고 공감하게 된다. 노희남 시인의 시 한 편 한 편에서 보듯 일상의 일들을 겪고 난 후의 깨달음과 달관의 경지에 닿을 듯한 시적 태도가 진솔하게 드러난다. 크게 기교를 부리지 않고 순수 그대로 직관과 관조를 통하여 시상(詩想)을 함축해내는 솜씨 또한 놀랍다. 시인의 이런 경험에서 우러나오는 시적 구성이 새로운 사유의 심미적(審美的) 서정으로 이어져 독자에게 보는 시각을 넓혀주고 있다.

시인의 시가 쉽게 읽히면서도 감동적인 것은 강렬한 시적 모티프에 의해 농축된 시상에 원형적인 정서가 자연스럽게 녹아 있기 때문이다. 즉 시는 시인의 목소리를 담아낼 때 개성의 한 단면은 시의 성공적 요소와 관성의 길을 걷게 된다. 취당 시인은 시어 선택, 수사법, 이미지의 암시성이 군더더기 없이 깔끔하다. 긴 세월 밝은 심성과 신실한 삶의 태도로 살아온 작가 정신에서 독자들은 정직하게 자신의 삶을 바라보고 영혼의 정화가 뒤따르기를 기대할 것이다. 시인 자신의 깊은 사려에서 탄생한 시들은 시마다 정성이 깃들어 있고 소재(素材)와 주제(主題)에서 우러나오는 인생의 깊이를 함축해내는 솜씨도 놀랄만하다. 노희남 시인은 연만(年滿)한 나이에도 왕성하게 가정과 사회에 나름의 역할을 하고 있다. 노희남 시인이 꿈꾸는 밝은 세상을 상상하며, 그의 시가 들려주는 따뜻한 목소리에 독자들은 큰 위로를 받을 것이다.

노인과 낙엽

초판인쇄 2021년 4월 25일   초판발행 2021년 4월 30일

지은이   노희남
펴낸이   장현경   펴낸곳   엘리트출판사
등록일   2013년 2월 22일 제2013-10호

서울특별시 광진구 긴고랑로15길 11 (중곡동)
전화 010-5338-7925
E-mail : wedgus@hanmail.net

정가 11,000원

ISBN 979-11-87573-28-9 03810